As chaminés tocam o céu

Jean-Claude Grumberg

As chaminés tocam o céu

Um conto para crianças velhas

tradução
Rosa Freire d'Aguiar

todavia

Para Jeanne

No Natal passado, meus filhos, agora quase todos avós, passaram para me dar um alô antes de irem encontrar seus próprios filhos que davam uma festa já não sei onde. Não tive ânimo de me juntar a eles. Aliás, não me chamaram. Portanto, vi-me sozinha em casa. Não sabendo o que fazer, resolvi assistir à tevê, mas não encontrei nada de interessante, desculpem, nada que me interessasse. Há algum tempo não acho nada interessante, nem na televisão, nem, aliás, em outro lugar. Bem, é assim, dizem, quando a gente fica muito velha.

Portanto, fui para a cama, mas não encontrei o sono. Onde ele teria se escondido?

Levantei-me de novo, percorri o apartamento e me perdi ao passar de um cômodo a outro, enquanto dizia a mim mesma que se ainda fosse jovem não estaria sozinha numa noite de Natal, pois é. Quando ainda era moça, menos velha, digamos, eu tinha meu marido ao meu lado, e desse modo nunca estava sozinha. Ficávamos a sós, num tête-à-tête, na noite de Natal, quando os filhos enfim iam se deitar, ansiosos, e dormiam sonhando com os presentes, com os pacotes que iriam descobrir no dia seguinte em seus chinelos forrados ao pé do pinheiro.

Então, meu marido e eu — Isidore, ele se chamava Isidore, eu o chamava de Isy, todo mundo o chamava de Isy — passávamos noites de Natal formidáveis, inesquecíveis. A prova é que não as esqueci. Descíamos para andar na neve, quando havia, e sob a chuva, quando chovia, de mãos dadas. Pois é, naquela noite eu estava definitivamente sozinha, e não nevava nem chovia. E lá fora não se via nada, nem sequer a lua. Era uma noite negra, uma noite em que não se devia deixar uma velha senhora viúva sair. E depois, e depois, sozinha, eu realmente não sabia aonde ir. Voltar para a cama? Não tinha o menor sono, e, além disso, temia nunca mais dormir. Aonde ir? Aonde pode ir quem está sozinha numa noite de Natal, e é velha e sofre de insônia? Foi então que tive uma ideia que não hesito em chamar de genial: e se eu fosse ver na minha própria lareira se Papai Noel poderia, sim ou não, passar e deixar presentes ao pé do pinheiro?

Vesti meu penhoar, o branco, o mais quente, e me enfiei dentro da chaminé. Devo reconhecer que demorei um pouco para me agachar e me meter na parte mais baixa dessa lareira Napoleão III. Em compensação, quando estava lá dentro, apoiando-me nos cotovelos e nos joelhos, não tive a menor dificuldade em me levantar e até mesmo em subir um pouco dentro da chaminé. Pude verificar que ela estava muito limpa e lindamente enfeitada com as farândolas de teias de aranha que, de fato, faziam pensar em decorações de Natal. Ah, não aquelas da avenida Champs-Élysées, não, é claro, mas, digamos, as do Boulevard Saint-Germain. É verdade que eu nunca tinha acendido essa lareira, talvez por respeito ao Papai Noel, a fim de não lhe complicar o trabalho.

Depois de alguns centímetros de rastejo vertical, descansei me encostando na parede da chaminé e me agarrando a algumas teias de aranha que me pareciam tão sólidas que me inspiravam confiança. Ali me dei conta de que esse passeio era o mais lindo que eu podia fazer sozinha numa noite de Natal, pois aquele a quem amei, e que continuo a amar, e que me deixou, não está mais aqui para me acompanhar. Senti muito intensamente que ele não estivesse comigo naquela chaminé para também se extasiar com a beleza do passeio e sua originalidade. Ele também teria se agarrado a uma teia de aranha. Sim, também teria sido feliz, tenho certeza, na nossa chaminé. Quem é velha e sozinha gosta de passear sem propriamente sair de casa. Minha chaminé era o lugar ideal para isso, tanto dentro como um pouco fora. Sim, passar pela chaminé para enfim chegar perto do céu e dos que já estão lá, reencontrar meu marido e tantos outros que partiram antes dele, era isso o futuro para mim. Passar pela chaminé, o futuro e o passado... Pensando nisso, de repente comecei a chorar, a chorar de tristeza, mas também de alegria. Agora, agora eu tinha certeza de que Papai Noel existia. Talvez ele já estivesse no telhado, no meu telhado, talvez fosse surgir a qualquer momento com a sua sacola e sua barba branca?

Foi então que um senhor gordo, um senhor gordo, gordo caiu em cima de mim. Ficou entalado entre mim e a sacola. Já não podíamos, digamos assim, nos mexer, nem ele nem eu, e ele logo começou a berrar:

— O que a senhora está fazendo aqui? Está maluca?! Pelo amor de Deus de amor de Dius! Pelo amor de Dius de amor de Deus!

Ele estava fulo de raiva.

— Vou lhe meter um processo no... desculpe, senhora, um processo no coisa! A senhora me bloqueou no exercício de minha função! As coisas não vão ficar assim! Ouça o que estou lhe dizendo!

Era Papai Noel, o próprio Papai Noel! Preto de fuligem, a barba imunda, o nariz vermelho, o chapéu coberto de teias de aranha. Eu me agarrava ao que restava da teia que me sustentava até então.

E ele arfava, berrava:

— A senhora está louca! Louca! O que está fazendo aqui, meu Dius?

Respondi calmamente:

— Estou passeando.

— Está passeando! Ela passeia! Sem ver que está bloqueando a circulação! A senhora pode passear todas as noites do ano todo, menos nesta noite!

— Desculpe, desculpe, mas estou passeando na minha casa.

— Como assim, na sua casa?

— Estou na minha própria chaminé, querido Papai Noel.

— A senhora me reconheceu, portanto sabe muito bem que na noite de Natal tem de deixar a chaminé livre! Livre! Do contrário, como quer que eu possa entregar meus pacotes, meus presentes?

— Papai Noel, infelizmente há muito tempo já não há crianças no final desta chaminé, não há mais brinquedos, não há mais presentes, não há mais jogos a entregar.

— O quê o quê? Não há mais o quê? Mas eu tenho um embrulho! Para enfiar dentro de um chinelo!

Contorcendo-se, conseguiu tirar de sua sacola um embrulho bem achatadinho.

— Aqui está um embrulho, senhora, um presente.

— E para quem é este embrulho, se me permite?

— Para uma criança, ora bolas!

— Deixe-me ver.

— Nan, nan, nim, nan, não. Primeiro, como é o seu nome?

— Hein?

— Seu nome? Qual é o seu nome todo?

— Eu me chamo sra. Rosenfeld.

— Hein, hein, hein, hein?

— Rosette Rosenfeld.

Papai Noel pôs os óculos e deu uma olhada na etiqueta do pacote que ainda segurava na mão.

— Rosette Roten Rosen… Como é mesmo? Como a senhora se chama mesmo?

— Quando eu era pequena, quando recebia presentes, não me chamava Rosenfeld, me chamava Rosette, mas ainda não Rosenfeld. Rosenfeld é o sobrenome do meu marido. Isidore Rosenfeld, o homem da minha vida. Quando eu era pequena, já me chamava Rosette, mas...

— Então como a senhora se chamava quando era pequena?

Papai Noel estava cada vez mais irritado, tentando limpar os restos de teias de aranha que lhe tapavam a vista e grudavam no seu grande nariz vermelho.

— Meu nome de solteira era Korenbacherovitch.

— Hein, hein, hein, quem, quem, quem? O que está dizendo? Como é que se escreve?

— Como se pronuncia: Korenbacherovitch. Eu sei, eu sei, é um desses nomes impronunciáveis numa noite de Natal, mas era meu nome: Rosette Korenbacherovitch.

Papai Noel esticava o nariz para a etiqueta de seu pacote.

— Na escola me chamavam Korenbacher, e quando a professora espirrava, eu gritava "presente"!

— Ah, sei, sei, entendi, entendi, mas não me lembro desse sobrenome.

— O senhor não passava na nossa casa, pois quando eu era pequena, quando era bebê, não havia lareira na casa onde morávamos.

— Não havia lareira?

— É, havia dois radiadores. E na noite de Natal eu morria de medo que o senhor não pudesse me trazer a boneca que eu tinha pedido, ou os brinquedos que eu queria. Eu perguntava ao papai: "Como ele vai fazer?".

"— Quem? De quem você está falando?

"— Ora, do Papai Noel. Como ele vai fazer?"

— Papai Noel, é preciso dizer que o papai, e, aliás, a mamãe também, acreditavam mais na revolução do que no Papai Noel.

— Ah ah... e você?

— Eu acreditava um pouco na revolução e um pouco também no Papai Noel, mas sempre ficava decepcionada.
— Decepcionada? Ah, é? Com a revolução ou com Papai Noel?
— Nem com a revolução nem com o senhor, Papai Noel. Por muito tempo, na manhã de Natal eu encontrava uma laranja, ou às vezes uma tangerina, num de meus sapatos de inverno. Meu pai ria e caçoava de mim. "Viu só, Roro — ele me chamava de Roro —, viu só, o Papai Noel não pôde trazer a sua boneca grande porque para passar por uma tubulação com uma boneca grande é difícil, mas ele deu um jeito de enfiar uma laranja no seu sapato. Ele é muito corajoso, esse Papai Noel!" E ele ria, ria. Depois a gente dividia a laranja, cada um com dois ou três gomos, e se deliciava, e eu chorava, não porque não tinha ganhado a minha boneca, mas porque adoraria comer a laranja sozinha. Mas o papai e a mamãe eram a favor de partilhar, eram uns partilhadores. Bem, lhe agradeço mesmo assim por ter me levado aquelas laranjas, Papai Noel!
— Não, não, não, não, eu só entregava pacotes. Embrulhos e presentes, não laranjas. E eu passava pelas chaminés, não por tubulações. Bem, nada disso importa, tenho um pacote a entregar.
— A quem?
— Seja como for, é para entregar aqui.
— Aqui?
— É.
— Mas em nome de quem?
— Marie-Joséphine Quincampoix.
Comecei a rir, sem querer.
— Está achando graça?
— É esse nome! É um nome impronunciável, que deve ficar na neve, e até no gelo! Quincampoix!

— Conhece-a? Conhece essa srta. Marie-Joséphine ou Marie-Caroline... ah, está mal escrito — fui eu que escrevi —, bem, confio na senhora, que entregará a ela. Obrigado.
— Não, não conheço essa Marie-Qualquer Coisa.
— Não a conhece? Mas ela mora aqui!
— Que nada, nunca ouvi falar.
— Pois é, pois é, mais uma vez eu errei de chaminé, ah lá lá lá lá lá lá, santo Deus santo Dius! Papai Noel estava à beira das lágrimas.
— Estou cheio! Estou cheio! Se soubesse como estou cheio! Entregou-me o pacote como podia, tendo em vista nossa posição.
— Dê isto a uma criança da sua casa.
— É que eu já não tenho muitas crianças aqui.

Mesmo assim, peguei o embrulho e, curiosa, como se também estivesse esperado um presente, perguntei-lhe com a voz de quando eu era pequena, que saiu estranhamente de mim:
— Posso abrir?
— Não, não, não, não, não! É uma criança que deve abrir, é um presente de Natal, um pacote para uma criança. A senhora deve ter uma neta por aí, não?
— Sim, sim...
— Pois então, dê-lhe o pacote, de minha parte, da parte do Papai Noel.
— O que é?
— Pelo embrulho, seu tamanho e sua largura, isso tem toda a cara de ser um Babar, o elefantinho.
— Um Babar! Minha neta mais nova tem mais de dezoito anos, já faz tempo que não lê as aventuras de Babar!
— Ela está errada. Todo mundo deve ler Babar, a idade não muda nada. Eu ainda leio Babar.
— Nunca li.

— Pois é, isso lhe dará a chance de começar! Bem, adeus, feliz Natal! E feliz Ano-Novo! E até mesmo, feliz fim dos tempos!

— Não quero privar de seu Babar essa Maria Qualquer Coisa ou sei lá o quê, quer dizer, uma criança, seja qual for seu nome. Com toda a certeza ela o espera.

— Pois é, vai ficar esperando!

Papai Noel jogou o pacote, e, portanto, Babar junto, pela chaminé.

— Pronto! Afinal de contas, a senhora não imagina que vou subir de novo até lá no alto, encarar a descida até embaixo, escalar um outro telhado e descer numa outra chaminé para enfiar um Babar num chinelo forrado! Assim já está mais que bom! Mais que bom! Estou cheio, estou lhe dizendo, estou de saco cheio! Não aguento mais, não aguento mais!

Ficou todo vermelho e começou a tremer.

— Estou doente, doente! Vou fazer com que me carreguem, pálido. Para mim acabou: chaminés, presentes e sapatinhos.

— Papai Noel, em vez de conversarmos apertados nesta chaminé onde estamos muito desconfortáveis, bem, falo pelo senhor e também por mim...

— Eu, faz séculos que me arrasto por lugares parecidos! Estou cheio até a tampa! E, sabe, no bairro há pessoas que ainda acendem a lareira até mesmo na véspera de Natal! Já imaginou? Acendem na véspera de Natal.

— Não?! Na noite da ceia?! Não?!

— Pois estou lhe dizendo!

— Papai Noel, e se descêssemos para nos instalarmos confortavelmente nas minhas duas poltronas, perto da lareira, que nos esticam os braços rechonchudos? Isso lhe permitiria descansar um pouquinho e eu poderia lhe oferecer um chá de limão.

— Ah não, não, não, nunca bebo em serviço — ele disse enquanto deslizava até o fim da chaminé e se jogava numa das poltronas.

— Não, não, essa aí é a minha, fique com esta, era a de...
— Tudo bem, tudo bem.
Já instalados, eu lhe disse:
— Nunca em serviço, está bem, mas só um chá...
— Não, não, não, sobretudo nada de chá! Nada de chá!
— Mas por que não um chá, Papai Noel?
— Dá vontade de fazer pipi, o chá. E a senhora me vê, imprensado numa chaminé, tendo além disso vontade de...
Comecei a rir bem alto. Ele ficou todo vermelho.
— Está achando graça? Achando graça? Taí, eu gostaria de vê-la nessa situação! Imprensada na chaminé com uma vontade de... que lhe pega pelo pescoço!
Ri às gargalhadas me imaginando também imprensada na chaminé com vontade de...
Papai Noel recomeçou:
— Vá, vá, ria, hoje todo mundo caçoa de mim. Todo mundo se esbalda quando fala do Papai Noel.
— Papai Noel, se estiver com vontade de se aliviar, saiba que seria uma honra para mim acolhê-lo no meu banheiro e uma honra também para o meu banheiro recebê-lo, não hesite, não hesite.
— Não, não, não, está fora de cogitação, jamais bebo e jamais vou ao banheiro dos pais das crianças a quem devo entregar um presente. É a regra. Jamais, jamais.
— Compreendo, compreendo. Bem, recupere o fôlego, recupere a calma.
Papai Noel estava ofegante. Desabotoando o colarinho do casaco, tentando tirar o chapéu, suando em bicas, ele murmurou:
— Acho que é o fim. Acho que vou morrer aqui.
— Nem pense nisso, Papai Noel! Como ficariam as crianças?
— Elas não estão nem ligando, as crianças!
— Não diga isso, não diga isso! As crianças o adoram, têm esperanças no senhor, o esperam.

— Buh, buh, buh, buh buh...
Papai Noel se encolheu todo enquanto dizia "buh, buh, buh, buh" e um segundo depois pegou no sono. Estava realmente exausto. Então, eu, sentada ao seu lado, pensei em todas as outras noites, e até em todos os outros dias que tinha passado ali, na minha poltrona, ao lado de meu Isidore sentado na dele. Sim, pensei em todas essas noites, as noites de Natal e as outras, passadas lado a lado, às vezes ele segurava a minha mão, às vezes nós dois víamos televisão quando as crianças tinham enfim subido para se deitar e esperavam, sonhando, a manhã, a abertura dos presentes depositados perto da lareira em seus muitos chinelos, como se tivessem quinze pés para receber tantos presentes. E ele, meu Isidore, assim que ligávamos a tevê, ele começava a dormir, como agora o Papai Noel, e eu adorava vê-lo dormir diante da tevê. Às vezes pegava sua mão e a beijava. Então ele acordava sobressaltado e eu lhe propunha sair para dar uma volta lá fora, na neve quando nevava, na chuva quando chovia. Uma vez até lhe propus nada menos que subir no telhado para descobrir, do nosso, todos os telhados de Paris cobertos de neve. Era tão bonito, sim, tão bonito.
E nisso eu estava quando, de repente, como se tivesse ouvido minhas palavras, Papai Noel se reergueu, pronto para ir embora.
— Bem, vou voltar.
— Papai Noel, não vá embora sem ir ao banheiro. Ofereço-lhe o meu, de bom grado, sim, sim, isso me agrada.
— Não, não, não, não, não, é contrário à carta dos Papais Noéis Associados.
— Associados?
— É, os Papais Noéis Associados.
— Associados? Isso significa que...?
— Isso significa que nós, todos os Papais Noéis, nos reunimos numa associação a fim de exigirmos o respeito aos nossos direitos e deveres.

— Isso quer dizer que o senhor não é o único Papai Noel?
— O único!!! A senhora está maluca!
— Por que diz isso?
— Minha pequena Rosette, você acredita que eu sozinho, que um só Papai Noel bastaria para entregar todos os presentes a todas as crianças da Terra numa só noite? Não, não, não, não. Cada um tem um setor. Eu sou do setor Seine-Buci. Sou o Papai Noel de Seine-Buci, em torno do Carrefour de l'Odéon, sabe onde é?
— Sei, é onde eu moro. Estamos na Rue de Seine.
— Ah, bem, pois é, santo Dius, já nem sei onde estou. Estou cada vez mais perdido. Desculpe, já nem sei quem eu sou.
— O senhor é o Papai Noel, Papai Noel.
— Eu subo em qualquer telhado, desço em qualquer chaminé, estou acabado, acabado, completamente alquebrado, completamente destruído. Ah, minha pequena Roro...
— É isso, me chame de Roro, papai e mamãe me chamavam de Roro, e até Isy, de vez em quando.

Papai Noel tornou a se sentar e, segurando a cabeça, murmurou com uma vozinha:
— Quer fazer o favor de me oferecer, afinal, uma xícara de chá?
— Imediatamente, Papai Noel, imediatamente.
— Com uma fatiazinha de limão?
— Sem dúvida, sem dúvida. Um chá com uma fatia de limão. E depois também posso lhe oferecer uma ou duas torradas.
— Obrigado, obrigado. Não me aguento mais em pé, acho que estou com fome.

Corri até a cozinha para lhe preparar o chá, passar manteiga em duas torradas sem sal, e comecei a chorar. Lembrei-me de que Isidore também adorava comer torradas de noite e tomar chá, e nem só chá, e nem só torradas. Havia também os dias em que nos dávamos beijinhos, beijinhos, e noites também, beijinhos... Levei o chá com limão e as torradas, e pus tudo na mesinha de centro, perto de sua poltrona, a poltrona de Isidore.

Ao passar, esbarrei nele e disse:

— Ah, desculpe, desculpe, Papai Noel!

— Mas, ora essa — ele me disse se endireitando —, por que desculpe, sou eu que devo lhe dizer obrigado. Obrigado, muito obrigado.

Suspirou e disse:

— Sabe, sra. Rosette ahn... Rosen...

— Rosenfeld.

— Isso, Rosenfeld, já não me sinto capaz de subir nos telhados e descer pelas chaminés. Vou me inscrever no seguro-desemprego.

— Que nada, que nada, o senhor só precisa de alguém para ajudá-lo, Papai Noel.

— Ajudar-me? Sim, sim, sim, é verdade. Ah, quando minha Mamãe Noel estava aqui! Ela me ajudava, ela me ajudava! Era ela que preparava os pacotes, ela que escolhia os papéis, as cores, as fitas. Fazia embrulhos tão bonitos, tão bonitos, que as crianças mal se atreviam a abri-los de tanto que os achavam bonitos! E, além disso, fabricava as etiquetas. Sabia escrever os nomes, até os mais difíceis. Para mim, só restava carregar minha sacola e pimba! Eu ia correndo, subia no telhado. Num abrir e fechar de olhos, tudo entregue, pronto! Upa! Na lareira! Upa! Nos sapatinhos! Hoje sinto um peso e me engano, me engano sempre. Não, não, subir nos telhados para despachar pelas chaminés presentes para as crianças que não estão mais lá embaixo, não, não! Babar, os brinquedinhos, as bonecas, os soldadinhos de chumbo, já passei da idade.

Papai Noel parou, gemendo, e de repente ficou pensativo enquanto tomava golinhos do chá e chupava o pedacinho de limão.

Depois, continuou:

— Se eu não tivesse medo de molhar minha barba, choraria um bocado.

— Chore, chore, Papai Noel, secarei sua barba com meu secador de cabelo.

Então ele começou a chorar enquanto mastigava as torradas, que molhara no chá.

— Não tenho mais meus dentes, não tenho mais meus dentes...

— Perdeu os dentes? Mas é normal. E sua Mamãe Noel, também a perdeu recentemente?

— Ah... não faz muito tempo.

— Quer dizer?

— Vinte ou trinta anos.

— Vinte ou trinta anos? Tem certeza? E diz que não foi há muito tempo?

— É que nós, Papais Noéis, só trabalhamos um mês por ano, em dezembro, então o tempo não é o mesmo que para as outras pessoas.

— No meu caso, o meu Isidore partiu há dois, três anos.

— Dois, três anos?

— Sim, e é como se tivesse sido ontem. Ele também sabia fazer tudo, assim como a sua Mamãe Noel. Era ele que estava no leme, e desde que partiu estou como um barco sem rumo. Fico dando voltas, voltas, não sei mais onde me meter, nem o que fazer, nem aonde ir. Eu também, Papai Noel, sabe, tenho vontade de parar. E depois, me digo que na minha idade já não terei de esperar muito tempo.

— Eu também, não, espero.

— Não, não, o senhor é Papai Noel. É imortal.

— Imortal? Buh, buh, buh. Imortal? Melhor morrer!

— Há pouco pensava no tempo em que era bebê e em mim hoje; pensava em toda a minha vida. E me deu medo de que

os brinquedos já não bastem para as crianças de hoje, tornei a pensar na minha laranja, na tristeza e na alegria, e em como a cortávamos, a laranja, como fazíamos pequenas decorações com sua casca que colávamos no alto da pia. Sim, hoje as crianças não precisam mais de laranjas nem de brinquedinhos, nem de pia. Querem telefones, telas, essas coisas...
Papai Noel disse:
— Ora, as crianças de hoje vão se virar sozinhas. Amanhã, vão dar um jeito.
Então eu disse:
— Mesmo assim, tenho medo, medo por elas.
— Ah, não tenha medo, o Papai Noel ainda está aqui! Sabe, com Mamãe Noel, quando havia algum problema, quando nós dois resmungávamos, brincávamos de quem-rir-primeiro-perde e a gente se segurava...
— Pela barbicha?
— Isso mesmo, pela barbicha, como dizia a cantiga.
— Eu e meu marido jogávamos mexe-mexe ou palavras cruzadas.
— Mexe-mexe! Entreguei montanhas desse jogo! Nos sapatinhos!
— Ou então a gente jogava Banco Imobiliário.
— Banco Imobiliário! Banco Imobiliário! Eu distribuí quinze toneladas inteiras de Banco Imobiliário! Nossa!
— E depois também jogávamos Chifoumi para saber quem iria se levantar no dia seguinte do Natal para fazer o almoço das crianças.
Papai Noel, mergulhado em suas recordações:
— Pela barbicha.
— Sua Mamãe Noel tinha uma barbicha?
— Como todas as Mamães Noéis. Ela a escondia sob a barba de Mamãe Noel. Sabe de uma coisa? Descansei, vamos nos levantar, a senhora vai se agasalhar bem, eu vou esvaziar minha

sacola defronte do mercado Saint-Germain, ao lado da entrada do estacionamento. Sabe onde é? Atrás da Maison Mulot.

— Sei, sei.

— Vou jogar fora todos os pacotes de presentes que restam e vamos, de braços dados, bem depressa, ao quartel-general dos Papais Noéis. Que horas são?

— Acho que é hora de verificar os chinelos e de abrir os pacotes.

— Ok, ok, é a hora certa. Vamos nos juntar aos amiguinhos. Todos eles se reúnem sob as arcadas, perto do mercado. Vamos dançar, vamos tomar um trago, vamos contar e fazer piadas, nada de ficar encabulada, hein, não tem só gente fina no mundo dos Papais Noéis, não tem só gente fina, mas é gente honesta. Gente de bem. Não tem só os Papais Noéis das chaminés e dos telhados, tem todos os que nunca subiram num telhado, os que ficam todo o mês de dezembro diante das portas das lojas de departamentos, tiritando de frio, e depois tem os que põem as crianças dos outros no colo para que seus pais guardem uma lembrança de Natal, uns falsos Papais Noéis, sabe, mas amigos pra valer. Vamos!

— Mas todo mundo vai ver que eu não sou uma Mamãe Noel!

— Vou lhe emprestar a minha túnica sobressalente e a barba de minha Mamãe Noel, e depois, minhas botas de limpador de esgotos que eu punha quando ia entregar laranjas nos bairros pobres.

Então fomos até o seu trenó, no fim da rua, e lhe perguntei onde estavam as suas renas.

— Minhas renas? O que eu faria com renas em plena Paris?! Não, não, eu tenho minha caminhonete, sabe.

Ele tirou todos os embrulhos da sacola e me deu uma velha túnica que enfiei por cima do penhoar, e depois vesti o chapéu e a barba de sua Mamãe Noel, e calcei as botas de limpador de esgotos. Ah, se meu Isidore estivesse ali, teria dado uma boa gargalhada ao me ver enfarpelada assim! E me vi no QG dos Papais Noéis. Ali, dançamos, cantamos, bebemos, contamos piadas esperando a abertura da Soupe Populaire.* Ri muito e fiquei com pena de meu Isy não estar ali comigo.

E depois fomos para a rua em frente à Soupe Popu, todos os Papais Noéis e as raras Mamães Noéis que os acompanhavam, e lá todos começaram a cantar *A Internacional*, sim, sim, *A Internacional* dos Papais Noéis, *A Internacional* dos sem-teto, dos sem esperança, todos cantavam:

Meu Papai Noel
Quando desceres do céu
Com teus milhares de brinquedinhos
Não te esqueças dos nossos chinelinhos

Alguns, com sotaques sei lá de onde, cantavam assim mesmo, mastigavam as palavras como se sempre tivessem cantado aquilo. Cantavam, e quanto mais cantavam mais se emocionavam, mais eram abraçados em pé defronte da Soupe Populaire. Cantavam e cantavam, com esperança no coração, fome na barriga, e foi ali que entendi que a revolução, a revolução que papai e mamãe conclamavam com todo o fervor, e que Isidore e eu aguardamos e esperamos toda a nossa vida, a revolução eram eles, eles, os Papais Noéis Associados, eles com suas túnicas rasgadas, suas barbas imundas de algodão sintético, seus narizes vermelhos de suor, seus olhos úmidos por terem chorado muito, a revolução eram eles, eles que iam enfim fazê-la.

---

* *Soupe Populaire* [Sopa Popular], estabelecimento que tradicionalmente distribui refeições para moradores de rua e pessoas em situação de precariedade. Fica em frente ao mercado Saint-Germain. [N. T.]

Então comecei a cantar com eles, e meu Papai Noel ao meu lado, no meio de todos aqueles Papais Noéis que vinham de todos os cantos do mundo. Todos cantavam em coro:

Meu Papai Noel
Quando desceres do céu

E ali, de uma só vez, uma só, comecei a pensar de novo no meu Isidore, e portanto a chorar, a chorar, e pensar no amor eterno. Enquanto cantava, eu soluçava, aos prantos.
Então Papai Noel, ao me ver soluçar, começou a soluçar, na mesma hora. E os outros, aos poucos, ao nos verem chorando, começaram também a chorar, enquanto cantavam, continuando a cantar a esperança e a alegria.

Meu Papai Noel
Quando desceres do céu...

E no fundo de mim mesma me senti tornar-me uma Mamãe Noel, uma verdadeira Mamãe Noel, para valer, cantando em uníssono, de braços dados, com o Papai Noel e todos os Papais Noéis da Terra, cantando pela vida e pela morte, pela tristeza e pela alegria, e sobretudo pela infância diante da Soupe Popu, esperando que ela abrisse as portas. Infância que jamais terminará de renascer, de renascer para acreditar no Papai Noel e na revolução, na vida e na morte, e no amor também.
Então, todos juntos, no refrão:

Meu Papai Noel...

No dia seguinte de Natal, ou num outro dia, pouco importa, acordei num quarto desconhecido e minúsculo, dotado de uma só janela que já não dava para a Rue de Seine nem sequer para a Rue de Buci, e de onde, mesmo me debruçando, eu já não podia ver o menor terraço de bar nem a menor vitrine de butique. Só a natureza estava presente por todo lado. O inferno sobre a terra!

Uma dúvida me cruzou o espírito: não seria assim quando a gente...? Então, para verificar se eu ainda estava inteira ou só pela metade, empurrei a porta e me vi num corredor cheio de portas dos dois lados, que parecia não levar a lugar nenhum. Uma fileira de coxos se ajudando com muletas ou bengalas, os rostos atravessados por um trapo, talvez para esconder os estragos que o tempo infligira, andavam a boa distância uns dos outros, em fila.

Um dos estropiados parou na minha frente. Ele me cravou seus olhos furibundos, enquanto, com o dedo indicador, batia sobre o trapo, me olhando cada vez mais mal-encarado. Pensei que mesmo pela metade, ou inteira, a gente não escapa dos doidos.

Uma mulher me gritou, ao passar:

— Caminhe! Caminhe, senão é ancilose na certa.

Ancilose?

Então, outra mulher com um trapo tão branco como sua blusa me tascou de repente um trapo preto no nariz e na boca, talvez, para esconder minhas próprias cicatrizes.

Depois ela me fez caminhar, segurando-me pelo braço e cochichando:
— Deixei seu café da manhã no seu quarto.
— No meu quarto? Por que no meu quarto? Tinha de deixá-lo na cozinha ou no salão.
Ela riu muito alto, repetindo:
— No salão!
A título de informação, perguntei-lhe:
— E como é o café da manhã?
— Um chá de verbena sem açúcar e duas torradas sem sal.
— Se acha que vou comer isso, pode enfiar o dedo no seu olho até o cotovelo! — gritei.
Torradas sem sal e chá de verbena sem açúcar, era o que faltava! Quem já pôs açúcar na verbena? Aquela galinha mascarada não conhece nada, nunca foi Mamãe Noel, nem um só segundo. Nunca conheceu Isidore. Nunca amou para todo o sempre. Nem sequer jamais encontrou o Papai Noel.
— Diga uma coisa, srta. Verbena sem sal nem açúcar — perguntei —, o Papai Noel passa aqui de vez em quando?
— Quem?
— O Papai Noel, a senhora o conhece?
— Sim, quer dizer, não. Ele passa raramente, não temos mais lareira desde que o aquecimento passou a ser no piso. Bem, tenha um bom café da manhã!
Quando cheguei ao quarto, diante da bandeja, recomecei a berrar:
— Quero café preto!!! Pão! Manteiga! Croissants! Um pingo de leite e geleia de marmelo para o conforto do meu intestino!
Verbena se afastou pelo corredor, rindo, enquanto um estropiado de muletas e mascarado penetrava no quarto. Como se estivesse em casa, empurrou diretamente uma portinha que parecia ser uma porta de banheiro, de onde o ouvi gritar:

— Desculpe, desculpe, sinto muito, mas...
— Sinta-se em casa! — retruquei.
E logo meu coração disparou. Não seria o Papai Noel à paisana e mascarado que teria vindo honrar meu banheiro em resposta ao meu convite da véspera? Não, não. Como teria me encontrado naquele buraco sem lareira, quando eu mesma já não sabia onde estava?

O homem das muletas, que decididamente não era o Papai Noel, reapareceu em meio a um barulho de descarga, tentando se abotoar, desculpando-se, e continuou:

— Como não disponho de banheiro no meu quartinho, e como os banheiros destinados aos residentes dos quartos sem banheiro ficam lá no fim do mundo, então, tendo em vista minha idade, não é... Tenho noventa e sete anos.

— Desculpe? Como disse?

— Noventa e sete anos, carimbado! — ele pronunciou.

— O senhor faz noventa e sete anos no sábado? E que dia é hoje?

— Na minha idade, a gente já não se preocupa com esses detalhes, cara senhora. Senhora?

— Rosenfeld. Rosette Rosenfeld.

— Conheci um Rosenfeld, ou Rosenberg, há muito tempo, no liceu, era chamado de Rosen e era um bom camarada, mas um dia deixamos de vê-lo. Bem, sra. Rosenfeld, cara senhora, para lhe agradecer sua gentileza e sua preciosa hospitalidade urinária, estou disposto, se quiser, a lhe contar uma história. Gosta de histórias?

— Se eu gosto de histórias? Ele me pergunta se eu gosto de histórias? Adoro histórias!

E ele logo prosseguiu:

— Conhece o Boulevard Rochechouart?

— Se eu conheço o Boulevard Rochechouart?! Claro que conheço o Boulevard Rochechouart!

— Então sabe que havia festas de barraquinhas duas vezes por ano, no Boulevard Rochechouart?
— Claro que sei que havia festas de barraquinhas duas vezes por ano no Boulevard Rochechouart. Nasci a dois passos dali, na Avenue Trudaine.
— Ah, que ótimo.

E depois de ter encostado a muleta na parede e colocado o que lhe restava de nádegas na única cadeira do quarto, condenando-me assim a ficar na cama, o estropiado começou sua história:
— Pois é, foi durante a festa de barraquinhas do Boulevard Rochechouart...
Depois, arrancou sua máscara repentinamente, talvez para que eu o escutasse melhor. Mas já não o escuto, vejo seus lábios se mexerem e suas mãos se agitarem, no entanto, não estou mais ali, diante dele, que me remeteu longe no tempo e no espaço, àquele Boulevard Rochechouart, a dois passos da pracinha d'Anvers, minha pracinha. Naquele domingo, papai tira uma fotografia nossa, de mamãe, de meu irmão e de mim. "Sorriam! Sorriam! — grita papai. — Olhem o passarinho! Piu-piu! Piu-piu!" Eu rio, Laurent, meu irmão, ri, e até mamãe sorri. Papai está contente, adora tirar fotos nossas. Depois nos sentamos num banco, nosso banco, nosso banco do domingo. Estamos bem apertados, ali, juntos, os quatro. Estamos felizes, quer dizer, eu estou feliz. É domingo, tem sol.

Passam dois guardas de bicicleta, os chamados andorinhas.* Naquele ano os andorinhas desfizeram a primavera. Eles passam, pedalando como pais tranquilos, fixando o olhar nas nossas estrelas.** Mamãe se levanta.

---

* Chamavam-se *hirondelles* [andorinhas] os policiais que, circulando em bicicletas, eram responsáveis pela ordem em Paris desde o início do século XX até o pós-guerra. [N. E.]   ** O regime nazista obrigou judeus a usar a estrela de davi costurada à roupa. Dessa forma os judeus eram identificados e iniciava-se a preparação para sua deportação para os campos de concentração. [N. E.]

— Temos de voltar para casa! Depressa! Depressa! — ela murmura.

Papai guarda a câmera. Baixa o para-sol.

— Depressa! Temos de voltar para casa! Depressa! Depressa! E partimos apressando o passo, com cuidado para não sermos notados. Nossas estrelas no peito nos guiam. Corremos andando pouco a pouco. O céu se fecha. Uma grande nuvem negra, tão negra, escurece a Avenue Trudaine.

— A chuva — papai anuncia.

— O temporal — corrige mamãe.

— O granizo — conclui Laurent.

As estrelas desapareceram do céu, todas vieram morrer no nosso peito.

Nunca vi aquela fotografia, nunca, nunca. Eu teria adorado vê-la para, antes de tudo, poder revê-la.

Agitado, o estropiado fala, inquieta-se, seus olhos se mexem: Será que ela está me acompanhando? Será que está me ouvindo? Será que está entendendo?

Ele empola um pouco a voz:

— Ela era bela, muito bela, como dizer, era a mais bela da festa de barraquinhas, mas uma beleza secreta, discreta...

Mamãe também era bela, secreta e discreta, bem, eu acho, espero, já não me lembro muito bem do seu rosto, a não ser em retrato, nos poucos retratos que me restam. E papai? Como era papai? Ele nunca aparecia nos retratos, era ele que os tirava. Até mesmo meu irmão, até Laurent, já não o revejo, já não o escuto. Já não os escuto. Já não me lembro de suas vozes nem de seus rostos.

Estou de novo no Boulevard Rochechouart diante da grade da pracinha d'Anvers, na qual há um aviso pendurado: "Praça proibida aos cães e aos judeus. Assinado: a Cidade de Paris".

Um espertinho talvez tenha até acrescentado a lápis, é preciso ter boa vista para ler: "Pedimos desculpas aos cachorros".

Eu me seguro para não chorar, busco com os olhos minha colega de escola, Roseline, minha melhor amiga, éramos as duas Rose da turma. Avisto-a, enfim, ela me faz uns sinais, me faz sinal para entrar, ir encontrá-la, e com o dedo aponta sua mãe, que me sorri. A mãe entendeu, vem em minha direção, Roseline a segue. Empurrando a porta da pracinha, a mãe olha à direita e à esquerda enquanto vem até mim, com seu lenço nas mãos, que ela põe sobre meus ombros como se me beijasse, como para me dar bom-dia. Ainda sinto a doçura da seda e o calor de suas mãos em meu pescoço e meus ombros. Eclipse local de estrela.

Dirigimo-nos as três, sem uma palavra, para a casa delas, a dois passos da nossa.

Por que não me lembro mais do rosto dos meus? Por que não ouço mais suas vozes? E por que ainda sinto aquelas mãos, e a seda no meu pescoço e meus ombros? Por que ainda sinto o perfume da senhora? Alguma coisa como o Je Ne Sais Quoi de Jean Patou.

A senhora serve a sopa. Estou com fome, estou com muita fome. Na sopa há pedaços de toucinho, alimento raro, precioso. Os olhos de Roseline brilham, ela põe a língua para fora e lambe os beiços.

— É preciso comer gordura — diz a senhora —, é preciso comer gordura.

Eu mastigo, mastigo e remastigo os toucinhos, não consigo engoli-los. Como fazer? Levá-los da boca à mão? E depois? Onde pô-los? Em casa comíamos presunto, nunca toucinho.

De noite, eu durmo com Roseline, a gente ri, eu choro, ela chora também, é minha melhor amiga, jamais, jamais vamos nos deixar. Alguns dias depois, estou em Toulouse. Tenho outro sobrenome, mas o mesmo nome. E depois, em Moissac. Não tenho a menor lembrança de Toulouse nem de Moissac.

O homem, o estropiado sem máscara, louco de amor, me encara enquanto fala como um demente:

— Eu a amava demais! É isso, a amava demais! Compreende? Eu a amava demais e mal! É isso, a amava muito mal!

Baixa os olhos como se fosse choramingar. E eu, eu, sem avisar, caio em soluços, um soluço que esperava sua hora havia muito tempo. Choro, choro, choro.

O estropiado se levanta, apavorado, procura a muleta, tateando.

— Não, não — ele grita, abanando as mãos —, não chore! Não chore! É uma história tão antiga! Uma história tão antiga!

Eu concordo, eu concordo. Uma história tão antiga, uma história tão antiga...

Ele balbucia:

— É uma história que nunca contei a ninguém, a ninguém. Obrigado, obrigado por sua preciosa escuta.

Depois, com uma energia louca, vai capengando até a porta. Eu choro enquanto rio muito alto dentro de mim. Sim, choro e rio. Ah, como sinto que Isy não esteja mais aqui para rir comigo!

O homem está na porta, esgueira-se pelo corredor, murmurando:

— Paciência, obrigado, desculpe.

É isso, paciência, obrigado, desculpe. Estou sozinha e choro, e ainda rio cuspindo num lenço de papel os pedacinhos de toucinho que me sufocam há tantos e tantos anos. E de repente, de repente tenho um acesso de raiva, dou um grito, um grito de protesto, um grito de revolta, dou o grito que não pude dar ou não ousei dar durante tanto tempo, tanto tempo. Grito, grito, grito. Depois, me acalmo e me pergunto: O que você está fazendo aqui, santo Deus de santo Dius? O que está fazendo aqui espremida nesta cama que não é a sua? Por que Isy não vem tirar você daqui, afinal, e levá-la para nossa casa? E o Papai Noel, por que fazer de você uma Mamãe Noel se é para no dia seguinte abandoná-la como a uma meia velha furada?

Vou recomeçar a chorar ou a gritar, quando Verbena entra como um raio com a bandeja do jantar.

— Ué, o que está acontecendo aqui? — ela diz, no estilo de quem faz palhaçadas depois da refeição. — Não está tudo bem?

— Não, não está tudo bem.

— Papai Noel passou hoje para lhe dar bom-dia?

— É isso, então você acha que eu sou uma pateta!

— Ele acaba de sair, por um triz você não o viu.

— O que lhe trouxe?

— Neca!

— Então veio para quê?

— Mijar.

— Mijar?

— É isso.

— Sei, sei. E lhe contou a história de amor com a mulher de barba do Boulevard Rochechouart, a mais bela barba de toda a festa de barraquinhas...

Corto-a, não quero que ela me remeta ao Boulevard Rochechouart, agora não, e ela não. Corto-a bem seca:

— Qual é o cardápio desta noite?

— Sopa de tupinambor e fritada de salsifis com acelgas.

— Acelgas? Pich pach, é festa, então?

— Tudo é orgânico. Orgânico, orgânico, orgânico.

— E de sobremesa?

— Musse deschocolatada sem açúcar nem chocolate com um quadradinho do queijo La Vache qui rit, que não sabe mais rir nem chorar.

— Apetitoso.

— Bem, bem, bom apetite e boa noite, sra. Rosen! Tenha lindos sonhos!

No fim das contas, é preciso reconhecer que envelhecer não oferece apenas vantagens. Aliás, não envelhecer parece uma opção que também apresenta algumas desvantagens. Em todo caso, um dos inconvenientes ligados ao fato de envelhecer é o adormecer. Quando você quer pegar no sono, não consegue, enquanto em qualquer outro momento, quando você não quer dormir, dorme em qualquer lugar, sem saber como, nem por quê. Quando Verbena saiu, resolvi dormir, não jantar e dormir. Impossível, aquilo tudo ficava rodando na cachola: quando e onde e como eu tinha abandonado pela primeira vez minha mão direita na mão esquerda de Isy? Era como se ainda estivéssemos de mãos dadas, apertados, naquele dia em que senti sua força e seu amor me invadirem quando pela primeira vez nossas duas mãos se apertaram e nossos dedos se enlaçaram.

 Em compensação, sei onde, mas não quando, descobri o número dele, o seu número, Isy... Foi ao sair de um bailinho na beira do Marne. Estava um dia tão lindo, tão quente que tínhamos nos sentado na grama, ao sol, e você arregaçou as mangas da camisa. E foi ali que, pela primeira vez, meu coração ficou muito apertado, tão forte, tão forte, ao descobrir o seu número marcado. Bem depois consegui encostar a ponta dos dedos ali em cima, muito suavemente, e acariciá-lo, como para tentar absorver toda a sua tristeza, toda a sua dor. Sim, pouco a pouco até consegui acariciar com toda a minha mão o seu antebraço inteiro.

Você nunca me falou disso exatamente, você nunca quis me dizer algo sobre isso. Você dizia para as crianças, quando elas te interrogavam: "É o número do meu amoreco! Psiu!, Rose não deve saber". E você ficava com um dedo nos lábios, piscando o olho para elas.

Houve até mesmo um dia que, com um camarada como você, você jogou o número dele na Loto ou sei lá onde, mas não ganhou nada, enquanto ele jogou o seu e ganhou. Você concluiu que tinha um número melhor que o dele. Aliás, você pensava isso realmente, você pensava isto: enquanto tantos outros marcados tiveram o destino que se sabe, você tinha tirado um bom número, e tinha se safado.

No final das contas, devo ter dormido, e no meio da noite acordei. Onde? Adivinhem? Sim, sim, sozinha na minha cama grande, na nossa cama, a de Isy e minha, na qual dormimos e nos amamos tantos anos, tantos anos. Acordei ali.

Eu sei, eu sei, vocês não vão acreditar em mim, não ligo, pois conto assim mesmo porque foi assim que aconteceu. Levantei-me e me perdi no apartamento. Fiquei dando voltas por um instante e depois, adivinhem, alguém falou comigo perto da lareira, mas que nada, não era o Papai Noel, o Papai Noel só vem no Natal, vocês bem sabem, não, era Isy. Ele estava ali, sentado na sua poltroninha, com um cigarro na mão; fumava, e um copo de vodca na outra mão. Olhou-me e disse:

— E aí, meu bem, você se perdeu de novo?

E então pensei: Talvez exista mesmo alguma coisa lá no alto. O quê? Quem? Não sei de nada. O Papai Noel não existe, mas não é possível zangar-se com ele, que é tão gentil com as crianças. Em compensação, Deus, o bom Deus de vocês, a gente pode e deve se zangar com ele. Não pelo fato de ele não existir, não é culpa dele, mas de ter se tornado um deus malvado, sim, malvado. Pois não só ele não existe, como, além disso, não consegue mais nos suportar. O fato de que não exista, ou de que nunca tenha existido, não poderia, a meu ver, em nenhuma hipótese, ser uma desculpa.

Bem, onde eu estava? A velhice é isso, a gente começa uma frase, depois encadeia em outra e se perde, como eu no meu apartamento de três cômodos e cozinha. Ah, sim, sim, encontrei Isy sentado em sua poltrona, perto da lareira Napoleão III, um copo de vodca na mão, e um cigarro na outra. Não, não, isso você já disse, sua boba, lembre-se! Ai, é, é. Bem. Ele fingiu não ter visto nada de minha explosão de alegria, como se tudo estivesse como de costume. Ele estava ali porque não conseguia dormir, levantara-se para fumar, beber um trago. Ofereceu-me um cigarro. Eu lhe disse que não fumava mais desde que ele tinha partido. Então me ofereceu um copo de vodca, não me atrevi a lhe dizer que também não bebia mais, que não tinha mais gosto por nada.

Ele parecia esperar alguma coisa. Observava-me. Eu queria lhe perguntar: "Como é possível que a gente se encontre esta noite?". Mas não me atrevi. Comecei a ficar ainda mais zangada com esse deus que não existe por não ter feito dos marcados, daqueles que tinham voltado, daqueles que apesar de tudo tinham vencido o inferno, fiquei zangada com ele por não ter feito deles imortais, integralmente imortais, quando na verdade tinham sobrevivido ao inferno na terra. Sim, sim, eu sei, parece uma bobagem. Todo mundo deve morrer, eu sei. O fim, o fim chega, sempre há um fim, cada história tem seu fim, eu sei, eu sei, mas o de Isy eu não consigo engolir, não, não consigo.

Não sei se ele deseja que eu fale com ele. Não penso em lhe pedir para me beijar. Não tenho sequer coragem de sentar a seu lado, perto da lareira.

Foi então que ele me perguntou, de um jeito esquisito:

— O que você gostaria que a gente fizesse agora, Rosette?

Eu, modestamente, lhe disse:

— Só gostaria que você me contasse uma história.
— Você conhece todas as minhas histórias.
— Não, não, e embora as conheça, gostaria que você me contasse de novo a mais linda de todas.
— E qual é?
— O primeiro encontro de seus pais no Boulevard Rochechouart, perto da pracinha d'Anvers.
— Eu te contei mil vezes!
— Conte mais uma vez.
— Bem.

Ele acende um cigarro, solta uma nuvenzinha de fumaça para os quatro cantos da sala, depois, com sua voz lenta e quente, grave e meiga, sua voz de homem, começa a contar a história do pai, Baruch, e da mãe, Zina.

— Baruch passeava no Boulevard Rochechouart naquele fim de tarde, sem dinheiro no bolso, entre as barracas da festa. Escutava os anunciantes tagarelas que tentavam atrair os fregueses. Olhava para eles, mas não entrava em suas barracas, nem sequer se lamentava de não poder entrar, por falta de dinheiro, não tinha vontade de ver nem os homens fortes nem os acrobatas, menos ainda o monstro de duas cabeças dentro de um frasco ou as siamesas com seus dois crânios em forma de pão de açúcar. Nem a mulher de barba com seu sorriso melancólico o atraía.

"Só tinha vontade de matar a sede. Parou diante de uma Fontaine Wallace, pertinho da entrada da pracinha. Bebeu e se preparava para ir embora quando avistou uma moça sentada num banco. Ela estava com uma aparência cansada, mas mesmo assim mantinha-se ereta. Ele se aproximou do banco e depois, com um gesto, pediu à moça licença para também se sentar. Com um olhar indiferente, ela lhe fez sinal que sim, onde ele quisesse, até porque aquele banco, assim como os outros, pertenciam ao mundo inteiro.

"Baruch sentou-se com parte do bumbum na outra extremidade do banco, e assim ficou. Zina fingiu não reparar nele. Mantinha-se cada vez mais ereta, apertando seu lenço na cabeça, virando-se ligeiramente para o lado oposto a Baruch. Este, subitamente, com a cara e a coragem, ou simplesmente abrindo a boca num sorriso, disse em iídiche:

"— Senhorita — o mais polidamente possível e num iídiche impecável —, senhorita, não gostaria de trocar umas palavras em iídiche?

"Zina, como que picada por uma abelha, crispou-se com ar melindrado, depois se virou para Baruch e lhe perguntou abruptamente, e em iídiche:

"— E como sabe que eu falo iídiche?

"— Senhorita, com os seus olhos, com o sorriso que oferece ao mundo, o rosto que seus pais lhe deram, se não falasse iídiche seria o maior dos maiores escândalos da Terra!

"Ela enrubesceu, depois sorriu e lhe disse:

"— Do que podemos falar?

"— Bem, não sei, de nós, de você. Fale-me de você, de onde vem?

"— De Pitchik.

"— Não! De Pitchik! Eu venho de Pitchuk!

"E então foi como se tivessem caído um nos braços do outro, como se tivessem se reencontrado depois de uma longa ausência, uma longa separação, como se estivessem de volta, os dois, lá. É bom que se diga que Pitchik não é longe de Pitchuk e que Pitchuk é muito perto de Pitchik. Bem, depende. Se você partir de Pitchik para ir a Pitchuk, é mais longe, o caminho sobe, enfim... Tinha havido um pogrom em Pitchik, tinha havido um pogrom também em Pitchuk. Falaram de pogroms. Quem sabe não era o mesmo que tinha havido em Pitchik e em Pitchuk? Falaram dos corpos abandonados nas calçadas, das vitrines arrebentadas, das lojas saqueadas, das casas queimadas, das sinagogas e dos cemitérios profanados, e relembraram, e relembraram, e relembraram...

"E depois, caiu a noite sobre a festa, que fechou as barracas, e de repente Baruch se levantou e se desculpou, com a mão tapando a boca:

"— Ai, eu nem sequer a convidei para tomar um café!

"— Eu não tomo café.

"— Então um chá com limão?

"— Um chá com limão, está bem.

"E Zina ia se levantar, quando viu Baruch se sentar de novo, portanto não se mexeu e recomeçaram a evocação de Pitchik, de Pitchuk, e a noite caiu de vez. Então se levantaram e se separaram, sem nada se prometer, sem nada se dizer, nem sobre suas casas nem sobre seus projetos. Cada um foi para o seu lado.

"Baruch ia escolher outro banco para dormir, longe dos postes de iluminação. Quanto a Zina, foi para a casa de um de seus tios que aceitara alojá-la 'enquanto isso' Enquanto o quê? Ele jamais lhe disse. Era 'enquanto isso'. Mas os dois, Baruch e Zina, estavam de coração apertado com a ideia de que não iam mais se rever. Paris era tão grande! Ela pensava: eu deveria ter perguntado onde ele morava. E ele, de seu lado: e se nunca mais, nunca mais a encontrar...

"No dia seguinte, como por acaso, ela estava sentada no mesmo banco, e ele estava perto da Fontaine Wallace e tomava água num copinho. E foi assim que se reencontraram quase na mesma hora. Sentaram-se lado a lado. Voltaram a falar de Pitchik e Pitchuk, e dos parentes que lá deixaram, e das sobrinhas e dos sobrinhos e dos primos que tinham partido para os quatro cantos do mundo e que talvez reencontrassem mais dia menos dia, quem sabe.

"A certa altura, Zina se levantou e declarou: 'Esta tarde sou eu que pago os chás'. Baruch ia se levantar, mas ela já tinha se sentado de novo. Começaram a rir, a rir. E quando caiu a noite, ficaram os dois no mesmo banco e adormeceram. Depois, só se separariam quando ambos se livraram dos números malditos."

Diante desse pensamento, meu coração apertou, minhas lágrimas voltaram, e acordei sobressaltada, inquieta com o destino de Baruch e Zina. E se fossem pegos pela polícia? E se já estivessem marcados? Como avisá-los? Como salvá-los? Como lhes dizer para se esconderem? E onde se esconder?

Despertei toda confusa na caminha do quartinho onde Verbena sem açúcar nem sal entrava alegremente com o café da manhã e ralhava comigo:

— Você não tocou no jantar! É preciso comer!

Baixou sua máscara e enfiou o dedo no achocolatado sem chocolate, pôs o dedo na boca e declarou, depois de ter cuspido:

— É um nojo.

Então, uma só vez, eu disse a mim mesma: "Se é isto o início do fim, adormecer aqui e depois acordar em casa, sentada ao lado do amor de sua vida que lhe conta histórias maravilhosas que você já conhece de cor, vale a pena o desejo de continuar mais um tempinho, embora sabendo que no final dos fins tudo termina terminando". Bem, a coisa funcionou assim um tempinho, durante o dia ali, de noite em casa com Isy, às vezes até íamos passear, nós dois, e olhar o banco do Boulevard Rochechouart, a Fontaine Wallace que tinha desaparecido, a pracinha d'Anvers aberta para qualquer pessoa, até mesmo para os cachorros. Nós nos sentávamos e admirávamos o céu estrelado. Depois, perto da lareira Napoleão III, nos instalávamos em nossas poltroninhas. Ele fumava, bebíamos.

E eu também disse para mim mesma: se eu conseguir aguentar até a volta do Papai Noel que descerá pela minha chaminé no próximo Natal, poderei lhe apresentar Isy, tenho certeza de que se entenderão muito bem.

E depois, quando os dias me pareciam demasiado longos, eu esperava que o homem estropiado voltasse para usar o meu banheiro, mas, numa manhã, Verbena veio me anunciar que meu vizinho de quarto tinha acabado de dar o último suspiro.

— Com noventa e sete anos, tudo bem, não é?

E depois, e depois, um dia, uma noite, vá saber, não acordei. Sim, sim, não acordei, nem na caminha nem na grande cama em minha casa. E foi a própria Verbena, ao me trazer o café da manhã, ou, quem sabe, talvez o jantar, que me descobriu na cama. Foi ela que deve ter avisado à família, a meus filhos e aos filhos deles, e que deve ter lhes dito, sem sal nem açúcar, que por causa da porcaria daquela doença, eles não poderiam vir me ver, nem mesmo usando máscaras, e lhes garantiu que eu tinha partido durante o sono, feliz, ela disse, pois eu ainda sorria quando ela me descobriu. Esse sorriso intrigou muito meus filhos e os filhos deles.

Mas eu sei, eu sei por que sorri.

Sorri porque desde que fui embora, provavelmente não me vi num lugar qualquer, mas num lugar ensolarado, calmo, sossegado. E entre uma multidão de gente que sorria, vocês também não vão acreditar em mim, topei direto com o Papai Noel e Isy. Sim, sim, Isy e o Papai Noel! E os dois jogavam, adivinhem o quê? Chifoumi. E quando me viram, ficaram extasiados:

— Mas como você está bem-disposta! Que lindo sorriso!

— Ah! Bem-vinda! Bem-vinda! Bem-vinda!

E eu disse:

— Estou tão feliz de vê-los, os dois!

— Não é só você que é feliz aqui — eles me disseram.

— Todo mundo é feliz aqui. Olhe, tantas crianças, todas essas crianças à nossa volta.

E todas essas crianças, é claro, queriam falar com Papai Noel, e todas gritavam: "Lembre dos nossos sapatinhos! Lembre dos nossos sapatinhos!".

Depois do Chifoumi, Isy e Papai Noel brincaram de quem-rir-primeiro-perde e se seguraram pela barbicha, dando-se uns tapinhas.

As crianças me cercaram e perguntaram:

— Você acaba de chegar? Como está lá embaixo? Vai tudo bem, não vai? Cada dia melhor, não é?

— Claro, claro, vai cada dia melhor, cada dia melhor!

Isy deu de ombros, Papai Noel também. Conheciam a ladainha.

Sempre se deve contar belas histórias para as crianças. Pensei nas crianças de Pitchik e de Pitchuk estendidas nas ruas, e em todas as outras crianças, e em todas as outras abandonadas no chão...

Hoje, em Pitchik como em Pitchuk, já não são apenas as crianças estreladas que se veem estendidas assim, o mundo está em pleno progresso, agora todos têm direito a isso, seja qual for sua origem, sua religião, sua cultura, todo mundo. Não se pode parar o progresso. Ele continua, continuará. Até quando? Até onde? Ninguém sabe.

As crianças começaram a dançar e me dei conta de que estavam descalças, e fiquei preocupada, mas Isy me disse: "Dançando nas nuvens elas não correm o risco de machucar os pés. Não se preocupe, relaxe". Beijei Papai Noel e tentei beijar Isy, mas ele me disse: "Temos tempo, temos todo o tempo, a eternidade para nos abraçarmos, agora é preciso festejar a sua chegada". E as crianças nos cercaram e começaram a cantar sob a direção do Papai Noel *A Internacional* das crianças, vocês sabem:

Meu Papai Noel
Quando desceres do céu
Não te esqueças dos nossos sapatinhos

Foi então que, do nevoeiro do passado, surgiu uma fotografia entre as nuvens do presente, uma dessas fotos em preto e branco que Isy não queria por nada deste mundo que eu visse; uma dessas fotos publicadas logo depois da guerra num jornal iídiche. Entre um montão de armações de óculos e de pacotes de cabelos cortados prontos para ser expedidos, erguia-se uma montanha de sapatinhos de crianças: sapatilhas, botinas, galochas, sapatos de sair muito gastos, tamanquinhos, e até alguns minúsculos sapatos de verniz.

Sim, sim, meu Papai Noel, quando desceres do céu não te esqueças dos sapatinhos delas, obrigada.

E depois, e depois, houve como uma música no ar, leve, um sopro de música celeste. Não, não, nem órgão, nem harpa, nem trombeta! Somente um pequeno acordeão tocando uma espécie de valsa ou de java, não consigo escolher entre as duas.

Então, uma velha canção acariciou meus lábios e cantei baixinho, só para mim e Isy:

Baile, bailinho
Onde te conheci
Lembras
Naquele ninho
Para mim eras
Só um desconhecido

E Isy me pegou em seus braços e me levou para dar uma volta dançando valsa, lá no alto, bem lá no alto, sobre nuvens bem pequenininhas, que acabavam de nascer, pertinho das estrelas, a dois passos da Lua. É realmente o melhor dançarino que conheci. Em seus braços eu tinha a impressão de ser uma pluma ao vento.

Não, não, não choro, não choro mais. Isso é que é bacana, quando a gente está no alto, e mesmo quando está embaixo, quando afinal chega o fim você já não chora, nunca mais.

Bem, está tarde, crianças, vivam bem e tentem ser felizes! Não só por vocês, hein, tentem ser felizes para que os outros o sejam. É essa a tarefa. Enquanto estamos na Terra, devemos trabalhar para que a felicidade se torne mais contagiosa do que o infortúnio... Não ria, Isy, não ria! Imagine, é tão bom imaginar o inimaginável: um chinês nos confins da China acorda "feliz" numa manhã, e no dia seguinte todos os chineses, e dois dias depois, todos os humanos!

Isy? Isy, já está dormindo?

Então, você se sente bem, finalmente...

Eu? Eu me sinto bem, desde que esteja ao seu lado, como sempre, para sempre.

Bem, no ponto em que estamos, mais vale dizer tudo, não é?

Num fim de tarde, sentado à minha mesa de trabalho, que nada mais é do que minha mesa da sala de jantar sem a louça suja, enquanto lutava contra o sono que se abate nos fins de tarde sobre os ombros das chamadas pessoas "de idade", e enquanto tentava terminar o relato das aventuras da sra. Rosenberg-Rosenfeld perdida entre Pitchik e Pitchuk, ouvi meu telefone fixo tocar fortemente.

Drrrring drrrring drrrring!

Em geral, eu não atendo. Dou uma chance ao interlocutor anônimo de deixar um recado bem detalhado, justificando ou não, uma chamada de volta. Agora, não sei por quê, tirei imediatamente o fone do gancho.

— Alô? Sim?

— O senhor é o autor? — murmurou uma voz juvenil.

— Supostamente — respondi, prudente.

— Acabo de ler o seu... Me pareceu, como dizer, incoerente. Ninguém, ninguém, nem mesmo uma criança de menos de cinco anos, poderá acreditar que uma senhora idosa como a sua heroína possa se meter na chaminé e se agarrar a uma teia de aranha quando Papai Noel cai em cima dela!

— Acha?

— Tenho certeza.

— Mas me diga, como fez para ler uma coisa que mal estou terminando?

— Sou a sobrinha da sua... Leio tudo o que ela digita para o senhor e é a primeira vez que sinto tamanha falta de coerência.
— O planeta Terra, de cabeça para baixo, começa a rodar ao contrário e a andar para trás, e você me exige coerência?
— Justamente!
— Justamente o quê?
— Se o planeta vai como o senhor diz, a literatura, por sua vez, deve nos oferecer um mínimo de coerência.
— Quantos anos você tem?
— Doze anos, quase treze.
— Bem, escute, não é para me esquivar, mas apenas recolhi e dei forma — levemente — ao relato que a sra. Rosenberg...
— Rosenfeld!
— Não, Rosenberg, ela se chamava Rosenberg, eu troquei seu nome.
— Por quê?
— Por precaução. Se um dia você escrever alguma coisa, aconselho-a vivamente a fazer o mesmo.
— Não deixarei de fazer isso, obrigada.
— Bem, portanto, a sra. Rose, Rosen, ou Rosette, para resumir, me contou essa história numa tarde à sombra de um pé de tília que espalhava seus eflúvios calmantes aos ex-sócios da Amigos Funerários e Solidários das Crianças de Pitchik, Pitchuk e Redondezas, fundada por Baruch e Zina, em meados dos anos 1920.
— Então seria a sra. Rosen que não teria sido coerente?
— É isso.
— Então o senhor poderia, se não for incômodo, dizer a ela a respeito da minha impressão?
— Desculpe?
— Minha impressão de leitura.
— Senhorita — disse, tentando abrandar minha voz, que trovejava —, senhorita, se leu o que diz ter lido, saberia que

essa senhora, infelizmente ou não, já não está neste mundo, e que, por esse motivo, nenhuma coerência pode mais lhe ser transmitida, seja qual for, ou sobre o que quer que seja.

— Sei muito bem — recomeçou a sobrinha precipitadamente —, mas a titia me disse que o senhor mesmo estava velho e deprimido, então pensei...

— Pensou de maneira muito coerente.

— Obrigada. Sem incomodá-lo nem apressá-lo, eu agradeceria se pudesse, ao chegar lá em cima, comunicar-lhe minha impressão, e lhe dizer, ao mesmo tempo, que estou encantada de ter podido conhecê-la por intermédio deste livro e que lhe desejo, é claro, uma eternidade longa e feliz.

— Não deixarei de dizer.

— Obrigada, muito obrigada.

— Mas, se à chegada, eu cruzar com o Papai Noel, ele que passa todas as férias com a Mamãe Noel, desde que ela se mudou para lá, o que deseja que lhe diga?

— Ao Papai Noel?

— É.

— Obrigada.

— Só obrigada?

— É, obrigada por ainda existir!

Nisso, ela desligou, e de súbito senti cair sobre mim uma grande lufada de coerência. Até me flagrei pensando serenamente em meu retorno a Bagneux sob os pés de tília, em breve.

Quanto a vocês, que leem este relato incoerente, se algum dia seus passos os levarem a Bagneux na direção da nonagésima primeira divisão, parem um instante, ainda que seja apenas para colocar duas ou três pedrinhas assinalando a sua passagem no mármore do túmulo das crianças de Pitchik, Pitchuk e arredores. Depois, reservem um tempo para dar uma olhada na pedra alta que se ergue ao lado do túmulo. Nela estão gravados, bem juntinhos, um grande número de nomes e sobrenomes, entre eles os de Baruch e Zina, uma montanha de nomes difíceis de ler, escrever e pronunciar, únicos traços de sua passagem por este planeta que se tornou incoerente. Esses nomes gravados na pedra dura e fria, entre milhões de outros, são testemunho da barbárie dos tempos, do tempo das chaminés que os cuspiram nos céus, a dois passos de Pitchik e Pitchuk.

São todos esses nomes gravados em tantas pedras e muros que nos impediram, à sra. Rosenberg e a mim, de acreditar piamente no Papai Noel e na coerência.

Sabem do que mais? Nem vale a pena ir a Bagneux, sob os pés de tílias verdes da nonagésima primeira divisão. A sra. Rosenberg me persegue de noite até na minha cama, sem más intenções, tendo em vista sua condição e a minha. Na noite passada, veio de mansinho me contar como Baruch, segundo Isy, conquistou o coração de Zina com uma só frase despretensiosa.

Naquele banco, no Boulevard Rochechouart, na altura da pracinha d'Anvers, naquela noite de 1922 — os anos loucos, dizia-se, lembram-se? —, naquele banco onde, sem se tocar, eles passaram a primeira de todas as noites lado a lado, depois de terem evocado, em detalhes, os pogroms de antes da Grande Guerra, os da Grande Guerra, em seguida os do pós-Grande Guerra, bem como a miséria permanente, o medo, o ódio e o futuro sombrio, Zina, de repente, com sua voz de pássaro zombeteiro que fazia o iídiche cantar e encantava os corações, perguntou a Baruch por que, quando dois iíds se encontram no outro lado do mundo, por que sentem assim necessidade de contarem um ao outro, em detalhes, suas desgraças passadas. Sem refletir, Baruch respondeu, rindo: "Para melhor suportar as desgraças presentes e se preparar para acolher as desgraças futuras".

Teriam se lembrado dessa conversa no inferno do vagão de animais que os transportava a todo vapor para um daqueles matadouros erguidos às pressas em algum lugar nos arredores de Pitchik ou Pitchuk?

Depois de reler o que escrevi, em desespero de causa e com um grande suspiro tive de me decidir a pedir ao *dibbuk** da sra. Rosenberg o favor de parar de me fazer contar histórias tão tristes. As crianças de hoje, e mesmo seus pais, sobretudo seus pais, têm grande necessidade de rir de vez em quando, não é?

Isy nunca pudera dizer "eu te amo" à sra. Rosenberg. No entanto, desde que ele partiu, ela não parou de ouvir o eco de todos aqueles "eu te amo" jamais ditos — confessou-me.

---

* No folclore judaico, o *dibbuk* é a alma errante de um morto que se refugia no corpo de um vivo. [N.T.]

Havia um recado da sobrinha na secretária de meu telefone fixo: "Mesmo com a ajuda do meu professor de história e geografia e do seu atlas da Europa central e oriental publicado em 1919, não encontrei vestígio de Pitchik nem de Pitchuk. Se o senhor puder acender nossas luzes, antecipadamente, agradeço."
Pitchik e Pitchuk eram duas aldeias, subordinadas à administração municipal da cidade de Brody. Brody seria, portanto, a cidade oficial do nascimento de Baruch e Zina. O Papai Noel, me disseram, passava raramente em Brody no século XX, e agora não passa mais. A frequência dos pogroms e outros incidentes acabaram por fazer os habitantes de Pitchik, de Pitchuk, e até de Brody, duvidarem da existência do Papai Noel ou de qualquer outro personagem que se apresentasse como salvador supremo.

Pitchik e Pitchuk desapareceram, levando seus habitantes, corpo e alma, crédulos e incrédulos. Só Brody tenta sobreviver, com o nome de Brod, em algum lugar a oeste da Ucrânia. Em Brody, como em outras cidades da Ucrânia, o tempo parece evoluir às avessas. Ouvem-se novamente os berros das palavras infames: nazista, genocídio, crime contra a humanidade, assassinato em massa, e, dia após dia, se atualiza o número de crianças mortas.

Para esclarecer os leitores, os que teriam esquecido o que significa a palavra "nazista", ou os que talvez jamais tenham conhecido seu significado, submeto à sua perspicácia uma carta do saudoso Himmler citada na página 187 da obra fundadora de David Rousset, *Le pitre ne rit pas* [O palhaço não ri], publicada pela Editora du Pavois em 1948.

O Reichsführer-SS. Posto de comando do front. 1943.
Caso secreto do Reich.
Ao chefe superior da SS e da polícia na Ucrânia.

Caro Prützmann,
O general de infantaria Sparpf tem ordens especiais para a região do Donetz, entre imediatamente em contato com ele. Dou-lhe a missão de assistir-lhe com todas as suas forças. Durante a evacuação da Ucrânia, é preciso que nada reste dela: nem homem, nem animal, nem mesmo uma quantidade pequena de cereais; que nenhuma área fique de pé, que nenhuma mina seja abandonada se não estiver destruída por muitos anos, e nenhum poço se não estiver envenenado. É preciso de fato que o inimigo encontre uma terra totalmente arrasada e queimada. Fale de tudo isso com Sparpf, e de imediato. E faça tudo o que lhe for humanamente possível.

Heil Hitler,
Seu Heinrich Himmler

No dia seguinte, foi por um bilhetinho rabiscado, enfiado na minha caixa de correio, que a sobrinha persistiu na sua carreira de crítica literária iniciante:

Senhor,
Estou escandalizada. A sua história de Papai e Mamãe Noel não pode acabar assim. O senhor não pode deixar a última palavra com os srs. Hitler e Himmler, não, não, não pode. Não tem esse direito. Aceite, senhor, minhas saudações de leitora. Estou aguardando. Espero ler daqui a pouco o seu novo final. Antecipadamente, agradeço.
P. S.: eu não disse à Tia que lhe escrevi nem que lhe telefonei, mas saiba que ela pensa como eu, sem ousar lhe dizer.

Na mesma hora, eu aprovei. Himmler e Hitler não devem ter a última palavra nem na minha história — a história de Rose e de Isy —, nem no mundo de hoje, nem, sobretudo, no mundo de amanhã.

Quando jovem, eu era muito afeiçoado a Carlitos e à dupla o Gordo e o Magro. Queria ver a vida por meio deles. Mas aos poucos a vi, infelizmente, por meio de Hitler e Himmler. Eles invadiram meu imaginário e ocuparam minha cabeça sem deixar sequer uma área desocupada. Tenho vergonha de dizer, mas já não vemos Carlitos nem o Gordo e o Magro na mídia, mas em compensação continuamos a ver Hitler uivar o seu ódio da humanidade. Hitler faz até algumas crianças rirem, confundindo-o com Carlitos. Tenho consciência de que os jovens, as crianças, justamente, merecem entrar na vida ao som de outra música, mas é minha culpa se, começando uma história de Papai e de Mamãe Noel, eu me veja, depois de um punhado de páginas, com uma carta de Himmler como conclusão? A sobrinha tem razão, Hitler e Himmler não devem ganhar o jogo. Portanto, me pus, sem esperança, à procura de um outro final. E, como sempre, foi o acaso que me tirou da encrenca. Eu me arrastava sem rumo pelas ruas na semana de Natal — o Natal de depois, esse Natal que Rose Rosenberg não terá alcançado — e me perguntava se Papai Noel ia, em sua turnê seguinte, fazer um desvio pela chaminé das teias de aranha quando, passando diante da entrada de uma loja de departamentos popular, cujo nome prefiro calar, descubro, sob a luz fria do inverno e dos neons, um Papai Noel moído de cansaço, com uma túnica suspeita, pisando na lama. Em seu rosto, os olhos inchados e vermelhos, olhos de alguém que chorou demais, como que pregados em cima de sua barba postiça e amassada. Quando percebeu meu olhar, ele se virou e, cambaleando, se aproximou, das crianças grudadas na vitrine, convidando-as sem jeito a entrar na loja.

As crianças, por sua vez, ao vê-lo, se viraram e se afastaram. A desgraça que se lê num rosto dá medo, mesmo às crianças. O Papai Noel sinistro se joga então sobre os pais delas, que também se viram. E ali, subitamente, eu o reconheço. Sim, eu o reconheço sem nunca tê-lo visto. É ele, ele, o Papai Noel da sra. Rosenfeld, é ele que mete medo nas crianças e nos pais, é ele que fica parado, os pés na lama, sob as luzes baças no frio do inverno.

Eu me aproximo e pego o braço dele, dizendo-lhe baixinho:
— O senhor é de Seine-Buci?
Ele tenta se soltar, procurando parecer chocado com minha intimidade.
— Não, não, não, não, não — grita. — Não sou eu! Não sou eu! E buscando se soltar, continua a protestar:
— Mas quem é esse aí? Quem é, pelo amor de Deus e pelo...
— Pelo amor de Dius — eu concluo, o mais gentil possível.
Então ele balança a cabeça negativamente.
— Não, não, não, não, não!
Seu gorro quase cai, mas sinto que meu "amor de Dius" quebrou sua defesa.
Continuo a segurar seu braço, de medo que ele desabe, e lhe pergunto num sussurro:
— O que lhe aconteceu, Papai Noel?
Ele sacode ainda mais violentamente a cabeça, com jeito de quem não quer dizer nada, rigorosamente nada, me deixe em paz, me deixe em paz, antes de soltar, com uma voz quase inaudível:
— Eles me mandaram embora. Proibido de descer chaminés. Condenado a fazer propaganda aqui ou na frente de outras lojas da mesma cadeia, só me resta agora ficar plantado, esperando eternamente que me chamem de novo na Páscoa para anunciar ovo ou sino de chocolate por aí.
— Não?!
— Sim! Sim! Se minha Mamãe Noel me visse! Ah, tenho vergonha, tenho vergonha, tenho tanta vergonha!
Com as duas mãos abertas, ele aperta os olhos, como para esconder sua vergonha.
— Mas por quê? Por quê? O que aconteceu?
— No início de dezembro, eu quis fazer um reconhecimento dos telhados do bairro, temendo me perder de novo, e me vi perdido naquele mesmo telhado. Como reconheci a chaminé

e as teias de aranha, não consegui resistir, e desci. Mas ao chegar embaixo, imagine só, a lareira estava fechada, fechada, sim, tapada! Eles tinham feito obras. Os novos donos com certeza não gostavam do estilo Napoleão III. Devem ter quebrado tudo, o mármore, e...

Começa a bater os pés e a gritar, de repente:

— Quando se tapa uma chaminé, tapa-se em cima, não embaixo! Isso me deixou louco! Louco! Dei tantos chutes que meus pés ficaram estropiados e acabei estragando a parede de merda deles que ainda estava com o cimento fresco. Então os moradores, os novos donos, chamaram a polícia, e como a polícia me reconheceu, me levaram direto para a sede dos Papais Noéis Associados. Foi lá que o comitê me declarou inapto e me proibiu de chegar perto de telhados e chaminés. E até rasgaram minha carta de associado. No olho da rua, me disseram. No olho da rua! Ah, santo Dius de santo Deus!

E, de raiva, ele bate os pés de novo no chão. Depois, como que vencido:

— Desde então vou de uma filial a outra de uma rede de lojas, sou, vamos dizer, interino, faço parte da ralé, subserviente até o fim.

— Que nada, que nada, você continua a ser Papai Noel! As crianças continuam a amá-lo! Veja como olham para você, que faz nascer a esperança nos olhos e no coração delas.

— Nan, nan, nan, nan, nan, nan, olham para mim rindo para caçoarem, isso sim! Elas se viram, e algumas até tapam o nariz quando me aproximo. Para elas, sou um velho mendigo, um velho mendigo que fica batendo perna na lama. E de tanto bater perna comecei a matutar, e não é bom para os Papais Noéis interinos ficar matutando. Eu sei, eu sei que nunca mais vou ver minha Mamãe Noel, essa que comandava o meu leme na tempestade. Sei que nunca mais a verei lá no alto.

— Mas por quê?

— Estou proibido de ir lá para o alto, proibido de ficar na terra como nos céus. Eles rasgaram a minha carta. Nunca mais vou ver a sra. Rosen e Isy, nem as poltroninhas, nem a lareira Napoleão III, nem as fotos, nem os bibelôs. Estou triste, muito triste, triste demais. Meto medo nas crianças, e pior, elas têm nojo de mim.

Nesse momento, pensei que, como novo final, era mais ou menos, havia o risco de não agradar à sobrinha nem à tia. Portanto, era preciso inventar outro desfecho, cheio de esperança, de verdadeira esperança. Então falei com Papai Noel assim como as coisas me vinham, desordenadamente, à cabeça. Peguei-o nos braços, apertei-o contra mim e, veemente, gritei, sacudindo-o:

— Papai Noel! Papai Noel! Recupere-se! Recupere-se! Você é a única esperança das crianças! Elas não precisam de brinquedos nem de presentes, precisam de esperança e de acreditar em você, de acreditar nelas, de acreditar na bondade da humanidade, na beleza do mundo que se refugiou nos sorrisos delas, bem pertinho da luz do universo que ainda brilha em seus olhinhos. E isso, isso, é graças a você, Papai Noel! Graças a você. Continue, continue, eu lhe peço encarecidamente! Coragem, coragem! Coragem vale mais que força e que raiva.

Foi nesse momento que surgiu lá do fundo da loja um outro Papai Noel, dotado de enormes sobrancelhas e imensas suíças, uma verdadeira montanha sobre pés, uma cara bem malvada, saída direto de um Carlitos ou de O Gordo e o Magro. Nem uma nem duas, ele me agarra pelo pescoço e me arranca da lama, enquanto berra bem no meu nariz:

— Pare! Pare de encher o saco do meu colega! Não aguento mais! Não aguento mais, está ouvindo, todos esses intelectuais que não gostam dos Papais Noéis! Não quero mais ver você aqui no bairro! Senão, vou te bater, vou quebrar a sua cara! Entendeu? Vá embora! Vá embora! Suma!

E nisso, com um peteleco, ele me faz voar para o outro lado da calçada e eu me esborracho bem no meio da vitrine dos bichos de pelúcia.

Três dias depois, acordei num quartinho, sobre uma cama desconhecida, perto de um banheiro privativo. Assim que pude, apesar dos tubos que tinha no nariz, ditei por telefone este novo final. Quinze minutos depois, a sobrinha me mandava uma mensagem pelo WhatsApp, de que tomei conhecimento alguns meses mais tarde, estando então na impossibilidade de ler o que quer que fosse no WhatsApp ou em qualquer outro meio de comunicação. Para a sua informação, aqui está o conteúdo da mensagem:

> O senhor terminou derrotando Hitler. Fez triunfarem Carlitos e O Gordo e o Magro. Bravo. Não perca a coragem. Coragem vale mais que força e que raiva. Espero seu próximo livro cheio de esperança e de fé nos Papais Noéis, nos livros e na humanidade. Obrigada.

Quando me restabeleci, passei diante da loja dos dois Papais Noéis. E tive a surpresa de topar com eles, dessa vez à paisana, pois estávamos em pleno mês de julho. Sobrancelhas Grossas se aproximou de mim, eu recuei dois ou três passos. Ele baixou a cabeça enquanto tirava sua boina XXL e me disse:
— Desculpe, eu não sabia que você era o autor.

Eu disse que o desculpava, pois, supostamente, ninguém deve saber tudo, nem mesmo o autor.

Depois me dirigi ao meu Papai Noel:
— E você, como vai?
— Muito bem — ele me disse. — A loja me ofereceu um contrato permanente de vigia com uma matraca retrátil, uma verdadeira joia.

Enquanto ele me fazia uma demonstração da retratilidade, pensei que já era tempo, mais que tempo, de eu ir bater em outra freguesia, em algum lugar entre Pitchik e Pitchuk. Dei um pulo para trás e me vi sentado, cheio de esperança, naquele banco do Boulevard Rochechouart, no coração dos anos 1920 — os anos loucos, dizia-se, lembram-se?

Ali, se eu tivesse o poder ou o dom de fazer as páginas e as palavras de um livro cantarem e dançarem, eu adoraria pôr uns respingos de charleston, para dar novos ares e, quem sabe, Rose e Isy então voltariam para cantar e dançar para vocês e para mim.

A sobrinha me chama a atenção, para o caso de alguns de seus coleguinhas, tanto quanto ela sedentos de coerência, não perderem a chance de me perguntar como e onde a sra. Rosenberg-Rosenfeld conseguiu contar seu fim derradeiro ao suposto autor. A estes eu aconselharia que fossem se sentar em Bagneux, sob o centenário pé de tília, cuja sombra fraterna, no final da tarde, acaricia o mármore dos túmulos estrelados. E desde que haja um tantinho de vento e que lhes reste um tantinho de audição, eles poderão distinguir no farfalhar da folhagem a doce voz da sra. Rosen, vinda das profundezas do túmulo, ali onde só as raízes da tília chegam para lhe acariciar os pés.

Aqueles e aquelas que têm uma audição mais acurada poderão, num dia de temporal, debaixo do aguaceiro ou do granizo, captar vozes ainda mais raras, as vozes daqueles e daquelas cujos nomes e sobrenomes estão gravados ali, na pedra. Desculpe? De onde vêm essas vozes? Do passado, do presente, da memória e do esquecimento. Esquecimento do que foi e não é mais. E os que como a sra. Rosen e eu mesmo já não sabem o que fazer de sua velha pele, nos chamados dias de festa, senão percorrer as alamedas dos cemitérios, esses aí, com um pouco de sorte e muita atenção, poderão agarrar no ar cochichos de crianças que não tiveram o tempo nem a alegria de acreditar ou não no Papai Noel, recitando em coro seu hino hoje irrelevante:

Meu Papai Noel
Quando desceres do céu...

Nos anos cinquenta do século passado, o XX, portanto, o futuro suposto autor deste pretenso conto, jovem aprendiz de costureiro profissional para senhoras e senhoritas, ignorava o motivo de as pessoas velhas se sentirem obrigadas a contar histórias às crianças, mesmo àquelas que tinham envelhecido. No entanto, instintivamente, talvez para fugir do passado, presente e futuro, o aprendiz se refugiara nos livros. Lia quando andava, comia, escovava os dentes — quando os escovava —, no banheiro, onde ficava muito tempo, no ônibus, no metrô, em suma, lia em todo canto e o tempo todo. A ponto de um dia um de seus primeiros patrões — ele teve dezoito — tê-lo flagrado lendo enquanto costurava à máquina.

Chegando a noite, o patrão lhe perguntou:
— Você gosta de ler?
— Ahn... sim, sim.
— O que você lê?
— Livros de aventuras, os caubóis, os índios, os piratas, os cavaleiros... Passo uma vez por semana na biblioteca municipal, pego oito, nove livros — tenho três carteiras — e os leio o mais depressa possível.
— Por que depressa?
— Para poder devolvê-los e pegar outros.

O patrão aprovou como se compreendesse, depois fez sinal para que o jovem aprendiz o seguisse até a parte íntima do apartamento, parte onde os operários e operárias nunca entravam. Depois de iluminar um pouco o ambiente, o patrão se dirigiu para um armário, e o abriu. Apareceu uma grande quantidade de livros, em brochura, encadernados, em pé ou deitados. O armário transbordava de livros.

— Sirva-se! — disse o patrão.

E o aprendiz ficou sozinho diante da massa de livros que se oferecia a ele.

Do banheiro, o patrão gritou:

— Pode pegar todos, se quiser!

O aprendiz, inebriado de felicidade, pegou então ao acaso um livro encadernado de couro. Quis dar uma olhada, mas lhe pareceu que não o tinha aberto corretamente. Além disso, os caracteres lhe eram desconhecidos, incompreensíveis. Recolocou-o no lugar, pegou outro, abriu.

O patrão voltou, enxugando as mãos.

— Encontrou sua felicidade? Ah, esse aí, você o está segurando pelo lado errado; abre-se assim. Lê-se assim, da direita para a esquerda.

Depois mostrou-lhe o livro, dessa vez na posição certa, ou seja, ao contrário.

Então o aprendiz disse:

— Não sei ler isto.

— É iídiche — disse o patrão.

— Não leio iídiche.

— E hebraico?

O aprendiz encolheu os ombros.

O patrão esclareceu:

— Eu também não, não leio iídiche nem hebraico.

— Mas o senhor fala iídiche?

— Falo, mas não leio.

— Por que então guardar todos esses livros?

— É minha herança, o que me resta de meus pais. Eles os trouxeram da Polônia, em suas malas, e foi o único bem que encontrei, depois da guerra. Suas máquinas de costura, tesouras, mesas de cortar os moldes, ferros de passar, tudo tinha sido roubado. Até as fronhas e colherinhas, só os livros ficaram bem-arrumados e escondidos no armário. É minha herança.

— Se o senhor não consegue lê-los, é preciso vendê-los.

— Vendê-los? A quem?

Essa ideia fez o patrão rir.

— São livros órfãos de pai e mãe, de autor e leitores, de compradores, gráficas, editores. Cada sobrevivente, como cada filho de não sobrevivente, tem essas edições órfãs em seu porão ou nesse tipo de armário, e busca a quem dá-los para não ter de jogá-los fora.

O patrão pegou um dos livros, magnificamente encadernado. No centro da capa de couro grosso, um conjunto de nervuras circundava uma foto: um barbudo, portando uma quipá, parecia fixar o aprendiz que mantinha o livro diante de si.

O patrão se instalou no divã, esclarecendo:

— Era meu bisavô, ou meu avô, vá saber...

Depois fez sinal ao aprendiz para se sentar à sua frente numa das poltroninhas que ladeavam o armário. Acendeu o cachimbo e continuou:

— Meu bisavô ou meu... não sei... me perco um pouco.

— Ele era escritor? — perguntou timidamente o aprendiz.

— Não. Ele se chamava Motek. Se você tiver uns minutinhos, posso contar a história dele.

O aprendiz disse que tinha todo o tempo para escutar uma história.

O patrão continuou:

— Quando Motek tinha a sua idade, treze, catorze anos, o pai dele conseguiu-lhe um trabalho com um livreiro ambulante, um vendedor que percorria a Polônia oriental, a Galícia, a Podólia, puxando sua minúscula carroça abarrotada de livros. Ao envelhecer, ele não teve mais força de puxá-la sozinho.

Motek, portanto, o ajudava. Motek não gostava de ler, mas adorava percorrer quilômetros puxando a carroça, descobrir lugares, cidades desconhecidas. Eram recebidos em toda parte, esperados e festejados. Mas o que Motek mais gostava era de puxar a carroça sozinho para testar sua força. O vendedor preferiria que ele lesse livros, mas Motek não gostava de ler. E depois de um dia puxando a carroça, ele caía de sono.

"Então, enquanto andavam, o vendedor resolveu lhe contar as histórias dos livros que ele não lia, mas sem jamais lhe contar o final.

"Motek lhe suplicava: 'Como termina? Como termina?'

"— Isso, para saber, Motélè, tem que ler o livro, ou então inventar um final.

"Um dia, na longa subida entre Pitchik e Pitchuk, enquanto o vendedor contava em detalhes a Motek a vida mágica e secreta do Baal Shem Tov* que vivera ali nos arredores, ouviu-se um barulho subindo do vale, um barulho de cavalgada, de cavalos galopando, acompanhado de gritos. Esse ruído chegou a eles. O vendedor interrompeu o relato, a estrada subia, com suas ribanceiras. Para fugir do barulho e dos gritos, e do furor que se sentia nesses gritos, eles deveriam ter abandonado a carrocinha repleta de livros e de artigos de armarinho. Então o vendedor disse a Motek: 'Fuja! Fuja! Eu não posso mais correr, mas você, corra! Vá!'

"— Mas, mestre — ele o chamava de mestre —, mestre!...

"— Cale-se! Fuja e só volte para perto de mim quando eles tiverem passado. Tentemos ao menos salvar alguns livros!

"Motek cruzou o olhar determinado de seu mestre e ao mesmo tempo avistou, ao longe, os primeiros cavaleiros. Escalou a ribanceira e se escondeu numa moita, de lá viu o mestre

---

* Rabi Israel ben Eliezer ou Baal Shem Tov (1698-1760) foi um líder místico do judaísmo. [N.T.]

dirigir-se ao primeiro cavaleiro, colocar-se no meio do caminho como para proteger a carroça, tirar o chapéu e se inclinar cerimoniosamente diante do cavaleiro com o sabre desembainhado. Este, de um só golpe, um só, fez voar a quipá e, atravessando o caminho, quebrou o crânio do vendedor, que desapareceu na poeira. Motek sentiu no peito seu coração se contorcer. Gostaria também de ter um sabre para quebrar o crânio daquele espadachim que respondia modestamente aos gritos de admiração e alegria de seus companheiros. 'De um só golpe, um só, a calota e o crânio do *judengo*! Hip! Bravo! Hurra!' Todos eles tinham apeado. Eram cossacos brancos ou cossacos vermelhos? Não sei. Eram pogromistas. Decepcionados por só encontrarem livros e retroses, puseram fogo na carroça. Depois chutaram o corpo do vendedor e hopa! Para a sela! Galope rumo a novas façanhas."

O aprendiz escutava com toda a sua alma. Não era como quando costumava ler. Ali, Motek era ele. E ele também tinha uma vontade furiosa de ter um sabre para quebrar o crânio dos cossacos.

O patrão se calou um instante e continuou:

— Motek tornou a descer a escarpa, cobriu o corpo do mestre com seu talit, depois tentou recuperar alguns livros, mas todos estavam mais ou menos queimados. Pensou que ir para o alto, na direção de Pitchuk, certamente seria jogar-se na boca do lobo. Então resolveu seguir caminho pelos campos e ir sempre em frente para evitar os assassinos. Caiu a noite. Ele perambulou pelo descampado.

"Finalmente chegou a um vilarejo onde todas as janelas e todas as portas estavam fechadas. Diante do que ele imaginou ser a sinagoga, havia uns corpos estendidos, em meio a poeira, à luz do luar. Deu voltas naquele vilarejo deserto que cheirava a queimado, procurando uma porta aberta. Parou diante de uma casa onde parecia brilhar uma lâmpada fraquinha e ali gritou muito alto: 'Estou com fome! Estou com fome! Sou Motek! Sou eu que puxo a carroça de Mendel, o vendedor de livros! Estou com fome! Quero um lugar para pernoitar! Estou com fome! Estou com frio!'.

"Uma janela enfim se abriu, uma voz resmungou: 'O que você quer?'.

"— Comer!

"— Onde está seu mestre? Onde está Mendel?

"— Os assassinos o mataram.

"— Onde estão os livros? Onde está meu xale? — disse uma voz feminina.

"— Tudo foi roubado ou queimado.

"— Você não tem nada para nós?

"— Nada.

"A janela tornou a se fechar.

"Motek, depois de um silêncio, recomeçou a berrar de dor e de raiva.

"Então apareceu uma criança e lhe perguntou: 'Você sabe contar histórias como Mendel?'.

"— Ahnn...

"Não ousou dizer sim.

" — Se nos contar uma história, receberá uma tigela de *kasha*.

" — Uma tigela de *kasha*?

"Essas palavras lhe deram água na boca.

" — Eu sei um monte de histórias — disse, tentando engolir o excesso de saliva.

"Então a criança pegou sua mão.

"— Venha!

"Entraram numa espécie de granja, onde meninos e meninas estavam reunidos em torno de uma vela.

"—Ele sabe contar histórias! — disse a criança.

"— Histórias que fazem rir? — perguntou um dos pirralhos.

"— Que fazem chorar? — disse outro.

"— Histórias que fazem sonhar? — implorou uma menina.

"— Claro que conheço um montão de histórias que fazem rir, chorar e sonhar — declarou Motek, que já procurava a *kasha* com os olhos.

"— Primeiro a história, depois a *kasha* — disse a criança que parecia ser quem mandava ali.

"Motek se sentou, abriu a boca, muito decidido a ganhar seu pão e sua *kasha*. Mas nada lhe veio à cabeça, nada vezes nada, sua mente estava vazia, sentia-se exausto, pensava simplesmente que seu mestre estava morto e os livros queimados. Não sabia o que contar. Nada lhe vinha. O silêncio se prolongava. Motek pensava: conheço tantas histórias, tantas histórias! Pouco importa que não conheça os finais, encontrarei um à medida que avançar. Abriu a boca, ficou um instante assim, depois tornou a fechá-la.

"O líder das crianças tossiu muito forte para lhe dar a entender que ele devia começar, se quisesse comer. Então Motek, como se diz, entrou de cabeça, embaralhou palavras e palavras e palavras, e um instante depois ouviu uma espécie de riso de criança. Continuou, trêmulo de cansaço e de raiva. Depois ouviu um fungado, depois um gemido. E então, então, se sentiu melhor. Continuou. As palavras lhe vinham umas atrás das outras e pareciam ganhar sentido, um sentido que ele mesmo não entendia. Finalmente, é horrível dizer e escrever, ele sentiu prazer. Apesar da raiva de que era tomado, alegrou-se em expressar essa raiva, essa dor, esse sofrimento, e também em evocar a beleza das pessoas que conhecera, assim como a das paisagens que atravessara mais de uma vez. E falava, falava. As crianças estavam nas nuvens. Talvez nunca lhes tivessem falado assim.

"Depois contou como Mendel, o vendedor, digno e sereno, se erguera sozinho diante dos cossacos, como tirara o chapéu e apresentara sua quipá. Falou sobre a coragem daquele homem, sozinho, enfrentando os assassinos, sem tremer nem suplicar antes de ser atacado.

"Então fez-se silêncio. E a criança lhe entregou uma tigela de *kasha* fria nas mãos, que ele começou a comer, enquanto todas as crianças o observavam. Motek chorava ao comer. As crianças choravam ao vê-lo comer, como tinham chorado ao ouvi-lo contar a morte do vendedor."

O patrão se calou, deu um grande suspiro, e perguntou com outra voz:

— Você gosta de *kasha*?

O aprendiz disse:

— Mamãe não faz para mim.

— Diga a ela para fazer, é bom e não custa caro.

Houve outro silêncio. O patrão disse, enfim:

— Você vai pegar dois ou três desses livros — escolha as mais belas encadernações — e os colocará sobre a sua lareira ou sobre o mármore do bufê ao lado do candelabro de sete pontas.

Encabulado, o aprendiz disse, com dificuldade:

— Em casa não tem lareira, nem mármore, nem candelabro sobre o bufê.

— Nem candelabro?! — disse o patrão. — Mas ainda assim você é judeu?

O aprendiz se refez e declarou, subitamente, orgulhoso:

— Judeu? Sim, sim. Sou judeu.

— Bem, então, pegue um ou dois, e ponha onde quiser, só para fazê-los respirar um pouco de ar.

O aprendiz escolheu duas belas encadernações em papel-cartão telado, mas com ilustrações em preto e branco de página inteira dentro.

Ao acompanhá-lo até a porta do ateliê, enquanto lhe apertava a mão, o patrão lhe disse:

— Sabe, acho que você não tem fibra para se tornar costureiro de senhoras. Melhor ir para o lado dos livros, se é que entende o que quero dizer. Entende o que quero dizer?

O aprendiz não entendia, mas fez de conta que entendia. Foi embora, apertando seus dois livros, feliz, feliz de ter se tornado judeu, e sobretudo orgulhoso de sê-lo. Feliz também de ter sido despedido. Pensava: amanhã, e depois de amanhã, vou poder ler dois dias seguidos. Infelizmente, na tarde do dia seguinte a ORT* já lhe tinha encontrado uma outra colocação.

Como? Se ele guardou os livros encadernados com papel-cartão telado num armário em sua casa?

A história não revela. As histórias não contam tudo, nem devem contar. Em todo caso, muito tempo depois, tendo se tornado o suposto autor, ele ainda custa a terminar sua história, como Motek...

---

* A ORT, rede educacional baseada em valores judaicos, foi fundada na França nos anos 1920 e teve papel essencial depois da Segunda Guerra Mundial junto às populações sobreviventes do conflito. [N.T.]

Quando uma história termina, outra deve começar?

No dia 21 de outubro de 2022, conforme combinado entre nós, eu devia entregar a Maurice Olender, meu editor e amigo muito querido, a última versão de meu conto para crianças tão velhas que no final morrem. Ora, ocorre que, por diversas razões, no dia 21 eu ainda não tinha colocado ponto-final neste texto. Claro que Maurice já tinha lido e aprovado múltiplas versões e só lhe restavam alguns trechinhos para examinar. Portanto, pensei comigo mesmo que, como não era sangria desatada, não estávamos, nem ele nem eu, amarrados a prazo. Assim, o texto em sua última versão ficou no forno na noite de 26 para 27 de outubro. E foi no dia 27 de outubro, de manhã, que Maurice não acordou e que sua tão querida e tão meiga esposa teve a dor de descobrir sua partida inesperada.

Se amanhã, Deus nos livre, me vierem o desejo, a força ou a loucura de me dedicar à redação de uma nova história para crianças muito novas ou muito velhas, terei de imaginar, e depois escrever, e depois corrigir, e depois acabar sem Jacqueline ao meu lado e, agora, sem Maurice. Então deverei aprender a viver sem o amor de uma e sem a amizade fecunda, fraterna e criativa do outro. Maurice, como autor, editor, historiador, em tudo o que empreendeu — e empreendeu tanto e tanto! — quis, antes de mais nada, ser livre, e o foi. Mas também quis que seus autores fossem livres, e eles o foram. No correr dos anos e dos livros tornou-se um amigo, um irmão, e mesmo, custo a dizer, um pai bem mais moço que eu. Ele adivinhava meus pensamentos, me compreendia, bem antes que eu mesmo tomasse consciência deles ou me compreendesse.

Uma vez lá no alto, onde não duvido que tenha lugar reservado, talvez tenha topado com a sra. Rosenberg, ou com Isy, ou com o Papai Noel e sua cara-metade, a Mamãe Noel? Quem sabe até não se viu diante de Deus pai? Seja como for, vai saber levar todos os outros a escreverem histórias de vida, de amor e de bondade, à sua imagem.

Minha mãe me dizia: de tanto contar histórias de morte, a morte vai acabar te agarrando e te pegando. Parece que a "Indesejada das gentes" escolheu outra tática: agarrar-se àqueles a quem amo, ou pior, aos que me amavam.

Jean-Claude Grumberg
Novembro de 2022

De Pitchik à Pitchouk © Éditions du Seuil, 2023. Collection La Librairie du XXIe Siècle, sous la direction de Maurice Olender.

Todos os direitos desta edição reservados à Todavia.

Grafia atualizada segundo o Acordo Ortográfico da Língua Portuguesa de 1990, que entrou em vigor no Brasil em 2009.

capa
Luciana Facchini
ilustração de capa
Veridiana Scarpelli
preparação
Elvia Bezerra
revisão
Jane Pessoa
Érika Nogueira Vieira

Dados Internacionais de Catalogação na Publicação (CIP)

Grumberg, Jean-Claude (1939-)
   As chaminés tocam o céu : Um conto para crianças velhas / Jean-Claude Grumberg ; tradução Rosa Freire d'Aguiar. — 1. ed. — São Paulo : Todavia, 2024.

   Título original: De Pitchik à Pitchouk: Un conte pour vieux enfants
   ISBN 978-65-5692-609-4

   1. Literatura francesa. 2. Ficção contemporânea. 3. Velhice. 4. Holocausto. I. d'Aguiar, Rosa Freire. II. Título.

CDD 840

Índice para catálogo sistemático:
1. Literatura francesa : Romance 840

Bruna Heller — Bibliotecária — CRB 10/2348

todavia
Rua Luís Anhaia, 44
05433.020 São Paulo SP
T. 55 11. 3094 0500
www.todavialivros.com.br

fonte
Register*
papel
Pólen bold 90 g/m²
impressão
Geográfica